Gaspar Nuñez de Arce, Johann Fastenrath

Luther im Spiegel spanischer Poesie, Bruder Martins Vision

Gaspar Nuñez de Arce, Johann Fastenrath

Luther im Spiegel spanischer Poesie, Bruder Martins Vision

ISBN/EAN: 9783743350281

Hergestellt in Europa, USA, Kanada, Australien, Japan

Cover: Foto ©Andreas Hilbeck / pixelio.de

Manufactured and distributed by brebook publishing software (www.brebook.com)

Gaspar Nuñez de Arce, Johann Fastenrath

Luther im Spiegel spanischer Poesie, Bruder Martins Vision

LUTHER

IM

SPIEGEL SPANISCHER POESIE.

BRUDER MARTIN'S VISION.

NACH DER 10. AUFLAGE DER DICHTUNG UNSERES
ZEITGENOSSEN D. GASPAR NUÑEZ DE ARCE IM
VERSMAASS DES ORIGINALS ÜBERTRAGEN

VON

Dr. JOHANN FASTENRATH.

ZWEITE AUFLAGE.

LEIPZIG.
WILHELM FRIEDRICH.
VERLAG
DES „MAGAZIN FÜR DIE LITERATUR
DES IN- UND AUSLANDES".
1881.

SEINER MAJESTÄT

DEM

KÖNIG KARL

VON WÜRTTEMBERG

IN TIEFSTER EHRFURCHT

GEWIDMET.

KÖLN, April 1880.

Dr. JOHANN FASTENRATH.

Darf ich dem König, welcher Luther ehret
Und liebt wie ich, die span'sche Dichtung weihen,
In der erklingt des Mönchs fanatisch Schreien:
„Anathema dem Wort, das Luther lehret!"

Die Dichtung, drin von Zweifelsqual verzehret
Der Held erscheint, den in der Gläub'gen Reihen
Wir als den Ersten schaun und benedeien,
Als Streiter, den das Wort des Herrn bewehret?

Ich wag's, denn selbst im span'schen Sange dröhnet
Es mächtig wie die Wittenberger Thesen:
„Was hast du, Rom, aus meinem Gott ge-
                                    macht?"

Hör', König, denn, was heut' aus Spanien tönet:
Noch ist kein Spanier je so kühn gewesen,
Als der heut' **Luther** weiht des Liedes Macht!

VORWORT DES ÜBERSETZERS.

Wenn ich meine Lieblingsbeschäftigung, Spanien mit Deutschlands Grössen bekannt zu machen, heute für einige Augenblicke unterbreche und die Feder, die seit 10 Jahren an das Idiom des Cervantes gewöhnt, einmal wieder nöthige, in der Sprache Luther's zu schreiben, so geschieht es, um dem deutschen Volke einen meiner besten iberischen Freunde, den hervorragendsten spanischen Lyriker der Gegenwart vorzuführen, dessen Name, von den Schwingen des Ruhmes getragen, von der pyrenäischen Halbinsel bis Mexiko, von New-York bis zum La Plata wiederhallt; einen Dichter, der das Volk Philipp's II. in diesem Jahre mit einem in der Sprache Castiliens unerhörten Poem überrascht hat, in welchem er Luther, den in Spanien meistgeschmähten und meistgehassten Mann unserer Nation, nicht verunglimpft und nicht verdammt, wenn auch sein Guardian im Geiste des katholischen Spaniens ihn verdammt und verdammen musste. Dem Dichter, der ein solches Wagniss unternommen, wird es Niemand verargen, dass er, ohne seiner Ueberzeugung untreu zu werden, ohne die Achtung zu verletzen, die ihm das Ringen Luther's abnöthigt, auf das tiefeingewurzelte katholische Gefühl seiner Landsleute Rücksicht nimmt, und nur dadurch ist es zu erklären, dass die gedankenvolle, von Calderonianischer Bilderpracht erfüllte Dichtung, trotz ihres Helden, den jüngst noch die Madrider „Epoca" „die grosse Figur des Irrthums" nannte, in Spanien eine so begeisterte Aufnahme fand, dass in wenigen Wochen schon 10 Auflagen nöthig wurden. Die Popularität, die Gaspar Nuñez de Arce — so heisst der Dichter des Lutherpoems — in seinem Vaterlande geniesst, ist so gross, dass die Gesammtzahl der Auflagen, welche seine einzelnen Werke im verflossenen Jahre erlebten, auf fünfzig stieg.

Die Seelenkämpfe des kühnen Reformators darzustellen, der der Vater einer neuen Zeit werden sollte und doch noch als Kind der alten sich fühlte und der sein Lebenlang unter der Qual von Anfechtungen litt, in denen seine aufgeregte Phantasie den leibhaftigen Teufel zu erblicken glaubte, war kein Nichtdeutscher befähigter als Nuñez de Arce, der im Traumgesicht des Zweifels, welches er in seinem Poem Luther er-

XI

scheinen lässt, die Vision seines eigenen Zweifels zu schildern scheint.

In Nuñez de Arce, Becquer und Campoamor feiert das Spanien der Gegenwart die Repräsentanten seiner poetischen Wiedergeburt. Aber während der zu früh verstorbene Becquer durch zarte Empfindung sich auszeichnete und das Charakteristische bei Campoamor die philosophische Intention ist, ragt Nuñez de Arce, des mannhaften, freiheitsliebenden Odendichters Quintana würdiger Nachfolger, durch die Energie seiner Töne, durch den Schwung seiner Phantasie, durch die Macht seiner Inspiration hervor, spiegelt er wie kein zweiter spanischer Poet die Unruhe und das stürmische Schwanken unseres Zeitalters ab.

Geboren am 4. August 1834 in Valladolid, der Vaterstadt des berühmten noch lebenden Dichters Don José Zorrilla, widmete er sich in Toledo philosophischen Studien und erregte schon 1849 allgemeines Aufsehen durch ein Drama, welches ihm das Ehrenbürgerrecht der Kaiserstadt Toledo, der Vaterstadt Garcilaso's, eintrug. In Madrid schrieb er im Bunde mit D. Antonio Hurtado die Theaterstücke „Herir en la sombra, La jota aragonesa, El laurel de la Zubia" und ohne Mitarbeiter verschiedene Dramen, von denen „Deudas de honra, Quien debe, paga, Justicia providencial", besonders aber „El haz de leña", welches, der Wahr-

XII

heit der Geschichte entsprechend, die Tragödie des Don Carlos darstellt, grossen Beifall erlangte. Als Correspondent der Madrider „Iberia" beschrieb er den spanisch-marokkanischen Krieg, und wer die Staatsmänner und Redner des heutigen Spanien nennt, wird nicht den Namen des für Freiheit und Fortschritt begeisterten Nuñez de Arce vergessen, der seit 1865 ununterbrochen in den Cortes sass. Am 8. Januar 1874 öffneten sich ihm die Pforten der Spanischen Akademie, in welcher er den Sitz des von ihm besungenen beredten Tribunen D. Antonio de los Rios y Rosas einnahm. Seinen Ruhm als lyrischer Dichter begründeten seine „Gritos del combate", seine „Schlachtrufe", die sich wie die Spitze des Schwerts tief in das Gemüth des Lesers einsenken, und die literarischen Kreise nicht minder wie das Volk Spaniens und Amerikas beschäftigten seine Dichtungen: „La última lamentacion de Lord Byron, Un idilio y una elegía, La selva oscura, El vértigo". Sein jüngstes Poem, welchem im Oktober dieses Jahres „El ateo" nachfolgen soll, ist die heute von mir verdeutschte „Vision de fray Martin", deren ersten Gesang das Madrider „Ateneo", welches die gebildetsten Männer der spanischen Hauptstadt zu seinen Mitgliedern zählt, im vorigen Jahre als Epopöe der Riesenkämpfe des menschlichen Geistes mit stürmischem Beifall begrüsste.

XIII

Bescheiden erwartet der spanische Dichter, dem in so hohem Maasse die Gunst eines Volkes lächelt, den Urtheilsspruch des deutschen. Als er hörte, dass ich seine neueste Dichtung in meine Muttersprache übertragen wollte, schrieb er mir: „Es freut mich und erschreckt mich zugleich, vor die Nation zu treten, die heute an der Spitze der geistigen Bewegung Europas steht."

Möge dem Dichter, der das deutsche Volk hochschätzt und liebt und der zum ersten Mal in Spanien dem kühnen Augustiner gerecht zu werden suchte, der die 95 Thesen an die Thür der Schlosskirche zu Wittenberg schlug und die Bannbulle in das Feuer warf, die Anerkennung in Deutschland nicht fehlen!

Köln, 20. April 1880.

Dr. Joh. Fastenrath.

VORREDE DES AUTORS.

Der Held des neuen Poems, welches ich dem Publikum darbiete, ist Martin Luther. Als ich diesen Stoff gewählt, war meine Absicht, mit den lebhaften Farben der Phantasie die Schwankungen, Ungewissheiten und Schrecken darzustellen, die den Geist des stürmischen Augustiners erfüllen mussten, ehe er sich entschloss, die Bande des Gehorsams zu brechen, sich gegen Rom aufzulehnen und den Frieden der christlichen Welt umzustossen.

Der Mensch ist trotz seines unbändigen Stolzes ein so beschränktes und begrenztes Wesen, dass er die Tragweite und Dauer seiner eigenen Werke nicht kennt und nicht einmal weiss, was er in physischer oder in intellectueller Beziehung hervorbringt. Wird er sein Leben einem Idioten oder einem Genie geben? Die Idee, die er in seinem Gehirn befruchtet, wird sie ein Ein-

tagsirrthum oder eine Wahrheit sein, welche die Welt beherrscht und einen Druck auf die Jahrhunderte ausübt? Er weiss es nicht. Geheimnissvolles Werkzeug des göttlichen Willens, den Zwecken der Vorsehung fremd, bei deren Verwirklichung er nichtsdestoweniger als hauptsächlichste Handhabe dient, erfüllt er seine Sendung, ohne sie zu begreifen, und nicht ohne tiefe Kenntniss dieser Wahrheit sagt Bossuet mit zwingender Beredtsamkeit: „L'homme s'agite et Dieu le conduit."
Luther und die Mächte seiner Zeit gaben sich keine genaue Rechenschaft von der religiösen und socialen Bewegung, in der sie die wichtigste Rolle spielten, bis gegen das Uebel kein Heilmittel mehr half und das Schisma eintrat. Der obscure Wittenberger Mönch glaubte anfangs der Kirche keine Wunde zu schlagen, als er den Schacher bekämpfte, der damals mit dem Ablass getrieben wurde. Leo X., ein edler, milder Geist, lachte über die scharfen Beweissführungen des Doktors und Augustinermönchs und pries zuweilen seinen Scharfsinn. Der unbesiegte Karl V. rief, als er ihn sah, in zerstreutem und verächtlichem Tone: „Das also ist der Mann, der mein Reich in Verwirrung stürzen sollte?" Heinrich VIII. verhöhnte ihn mit bitterem Spott, und die klügsten Männer Italiens zuckten die Achseln, da sie nicht begreifen konnten, dass ein Barbar, wie sie

XVI

ihn nannten, stark genug wäre, um den Frieden des Katholicismus zu stören und die Welt in Wallung zu bringen. Aber ein Augenblick kam, in welchem Alle erschraken über das, was sie gethan, und das, was sie nicht verhindert hatten, wie es stets bei grossen Erdkatastrophen der Fall ist. Luther wollte mehr als einmal erschrocken zurückweichen und konnte nicht; der Papst wollte das Feuer löschen, als dies zu erreichen schon schwer war, da die Flammen die ganze Christenheit ergriffen hatten; Karl V. sah sich in blutige Kriege verwickelt, hervorgerufen durch die Lehre jenes armen Mönches, den er verachtet hatte, und Heinrich VIII., der Vertheidiger des Glaubens, entriss gewaltsam sein Reich dem Gehorsam gegen Rom, angestachelt durch die schnödeste und ausschweifendste Fleischeslust. Was in seinem Ursprung theologische Spitzfindigkeit, Klage gegen bestimmte Missbräuche, höchstens ein leidenschaftlicher Zwist zwischen zwei auf einander eifersüchtigen religiösen Orden, den Dominikanern und Augustinern, zu sein schien, war in Wirklichkeit das Leuchten einer transcendentalen gewaltigen Revolution, die noch nicht beendigt ist und Gott weiss wann ein Ende finden wird.

Die Betrachtung dieses ausserordentlichen Ereignisses in der Geschichte, dem unsere Generation zum grossen Theil den Zustand der Unruhe verdankt, in dem

XVII

sie lebt, hat mich zu diesem Poem begeistert, welches ich, ich möchte sagen, zur Erleichterung meines Herzens und meines Geistes geschrieben. Nicht ein kritisches Werk habe ich zu schaffen gesucht, sondern eine rein psychologische Studie in der Sphäre der Kunst, und Der würde sich irren, der meiner Arbeit eine andere Absicht, eine andere Tendenz beilegte. In ihr urtheile ich nicht, klage ich nicht an und spreche ich nicht frei; ich beschränke mich darauf, die Angst einer Seele in den letzten Augenblicken ihrer Umwandlung und ihres Falles zu schildern. Die stillen Kämpfe des Glaubens und des Zweifels im Innersten des menschlichen Gewissens haben beständig auf mich eine unwiderstehliche Anziehungskraft ausgeübt, vielleicht weil sie einen der häufigsten moralischen Conflikte in unserem Jahrhundert abspiegeln, in welchem es so wenig glückselige Gemüther gibt, die den Himmel ihres Glaubens stets durchsichtig und heiter sehen und sich nicht durch innere, stürmische Widersprüche gequält fühlen.

Madrid, 24. Februar 1880.

Gaspar Nuñez de Arce.

VORREDE
zur zweiten Auflage der deutschen Uebertragung.

Die moderne spanische Poesie hat in einem ihrer namhaftesten Vertreter, dem hochbegabten und phantasiereichen Don Gaspar Nuñez de Arce, einen glänzenden Triumph in Deutschland gefeiert. Das Vaterland Goethe's und Schiller's huldigt heute dem Lande des Lope de Vega und Calderon, dem Land des klaren Himmels, der Harmonie, des Duftes und der Rosen, in dessen Poesie Alles Begeisterung, Farbenpracht, Gluth und Leben ist! Mit seltener Uebereinstimmung hat die deutsche Kritik, im Bunde mit Holland und der Schweiz, das spanische Poem gerühmt, dessen deutsche Uebertragung ich zu meiner grossen Freude Württemberg's poesiefreundlichem Könige widmen durfte, und von dem im September dieses Jahres eine treffliche holländische

XIX

Uebersetzung, die des reformirten Predigers J. C van Slee in Rumpt, erschienen. „Ein merkwürdiges Büchlein," rief Schwabens gefeierter Liedersänger, der Verfasser der ‚Palmblätter', Karl Gerock, aus. „Luther von einem spanischen Dichter besungen, der sächsische Mönch in der Landessprache seines ungnädigen Kaisers Karl V., der Dichter von ‚Ein feste Burg ist unser Gott' im klangvollen Idiom eines Calderon und Cervantes verherrlicht! Verherrlicht allerdings nicht in dem Sinn, als hätte der Dichter sich zur Fahne des grossen Reformators bekannt.... Also nicht unser Luther von Worms mit seinem glaubensfreudigen „Hier steh' ich, ich kann nicht anders!" zeigt sich uns hier im Spiegel spanischer Poesie, sondern der Bruder Martin in der nächtlichen Klosterkirche zu Wittenberg, den letzten Entscheidungskampf kämpfend mit seinen eigenen Zweifeln und inneren Anfechtungen über seine reformatorische Mission, die sich ihm in einer phantastischen Vision verkörpern. Aber dies psychologische Problem ist nicht nur mit so grossartiger, wahrhaft dantesker Phantasie und mit so stürmischem, echt Byronschem Gedankenflug, sondern auch trotz der uns fremdartigen Auffassung mit so achtungsvoller Sympathie für den grossen Ketzer behandelt, dass dies Gedicht des grössten spanischen Lyrikers der Gegenwart, welches mit Recht gewaltiges Aufsehen in seinem Vaterlande gemacht. hat,

XX

auch der Beachtung von Luthers Landsleuten und Glaubensgenossen werth ist."
(Siehe **Daheim**, Nr. 39 vom 26. Juni 1880.) Auch der greise **Friedrich Notter**, der verdienstvolle Dante-Kenner, griff wieder zur Feder, um in der literarischen Beilage zur **Augsburger Allgemeinen Zeitung** vom 30. Mai 1880 sein Wohlgefallen an der Dichtung kundzuthun, die, wie er sich ausdrückt, „ohne Frage zu den bedeutendsten Erzeugnissen des spanischen Geistes gehört, wie derselbe sich auszusprechen in jetziger Zeit die Freiheit gewonnen hat." Er vergleicht dieselbe „mit dem Gedicht eines älteren, dem Verfasser der Vision, Nuñez de Arce, keineswegs an Geist, ja beziehungsweise sogar an geistiger Freiheit nicht nachstehenden Spanier, einem Zeitgenossen des deutschen Reformators, Don Francisco de Aldana, welchen seine Zeitgenossen wegen der Gluth seiner Empfindung und der Hoheit seiner Gesinnung nicht mit Unrecht el divino genannt haben." Was aber sagt der „geistvolle in allen sonstigen Beziehungen gottinnige Aldana" hinsichtlich der Reformation? Notter theilt aus einem Gedicht desselben folgende Verse mit:

„Der Wildniss Thier mit der Zerstörung Rachen
Zernagt und schindet, wild nach Beute blickend,
Der alten Kirche hohe Cedernstämme,

XXI

Die sich mit grünem Gipfel aufwärts thürmten.
— — — — — — — — — . — — —

Martin, der deutsche, hat sie umgerissen;
Arius ziehn, Helvedius, Justinian
Mit in der mörderischen Jagd auf Christus.
Ihn jagt Calvin, Nestorius, Pelagius,
Wie hinterm Wild der Trieb der Jäger kommt.

Die ew'ge Gnade, als sie leidensfähig
Herabstieg, um Gefallnes zu gestalten,
Ward vom halsstarr'gen Judenthume nicht
So rauh, so wild erbarmungslos behandelt,
Wie unser Herr nach überwundnen Leiden
Und übern Himmel, frei vom Tod, erhoben,
Jetzt wird mishandelt — (Schmach für uns und Schande!)
— Von Ketzerhand und schlangengiftger Zunge."

Hiermit vergleicht nun der deutsche Kritiker Nuñez de Arce's Gedicht und sagt: „Keine volle drei Jahrhunderte liegen zwischen den beiden Gedichten, aber, kann man sagen, Jahrtausende geistiger Entwicklung, zwar nicht geistiger Entwicklung in jedem Sinn — denn die Energie des geistigen Lebens im allgemeinen stand zu Aldana's Zeiten in Spanien keineswegs unter derjenigen des heutigen Tages, vielmehr in den meisten Hinsichten entschieden höher als jetzt — wohl aber der Entwicklung in Bezug auf kirchliche Ansichten, oder, sagen wir lieber, in Bezug auf die Ueberwindung kritiklos angenommener Vorurtheile durch den fortschreitenden Humanismus."

Im Namen des Verfassers der „Vision de Fray Martin" danke ich der deutschen Kritik, die einmüthig die Schönheiten des spanischen Originals anerkannt; im Namen des spanischen Autors danke ich dem deutschen Publicum, das seinen Beifall der spanischen Dichtung gezollt, die mein verewigter Freund Scheube „ein Lutherdenkmal in Spanien" nannte. Und gross ist die Freude, mit der ich heute, nachdem erst vor wenigen Monaten die erste Auflage der deutschen Uebertragung dieser Dichtung meines Adoptivvaterlandes erschien, die zweite Auflage meinem Vaterlande darbringe.

Köln, den 14. November.

Dr. Joh. Fastenrath.

INHALT.

	Seite
Widmung	V
Vorwort des Uebersetzers	IX
Vorrede des Autors	XIV
Vorrede zur zweiten Auflage der deutschen Uebertragung	XVIII
Bruder Martin's Vision.	
Erster Gesang	1
Zweiter Gesang	17
Dritter Gesang	34
Anmerkung des Autors	44

BRUDER MARTIN'S VISION.

(Wittenberg 15..)

Erster Gesang.

I.

Nacht war es, eine traurige und rauhe
Des frost'gen Winters. Langsam und geräuschlos
Vom hohen Himmel in unzähl'gen Flocken
Herniederfallend, deckte Schnee die Erde
Gleich einem Leichentuch. Die Bäume peitschte,
Die von dem grünen Schmuck, doch nicht vom Reife
Entblösst, ein eis'ger Nord. Vom heft'gen Stosse
Erschüttert, schien's als ob die harten Stämme
Ausstiessen in das Dunkel Klagetöne.

II.

Es schlummerte die Stadt. Da plötzlich störten
In ihrem Schlafe sie die Trauerklänge
Der Glocke, die, mit ihrer vollen Stimme
Vom Thurm hernieder zum Gebete rufend,
In ihrer Töne Schwingungen umfasste
Den ganzen düster'n Schauer dieser Nacht, die
So schwarz und eisig wie das undankbare
Vergessen der Geliebten.

III.

Just die Stunde
Der Metten war es in dem alten Tempel
Der Augustiner-Patres. Schweigsam schritten
Und noch wie träumend, die Kapuze über
Dem runzeligen Angesicht, die Arme
Verborgen in den Aermeln, durch des Klosters
Kreuzgang die Mönche jetzo nach dem Chore.
Dem Sterben nahe Lämpchen, spärlich brennend,
Beleuchteten den Kreuzgang nur mit jenem
So matten und so wirren Dämmerscheine,
Der schrecklicher noch ist als selbst der Schatten.
Und weiter, weiter, an der Stelle, wo sich
Verloren seine ungewissen Strahlen,

— Wie in dem Zeitpunkt, der kaum wahrzunehmen,
In dem das Licht der Dämmerung erloschen
Und weichen muss alsbald den nächt'gen Stunden —
Erhob ein Crucifix sich, roh gemeisselt,
Zunächst der Mauer, von gewalt'ger Grösse,
Wachrufend in der Seele jene Schrecken,
Leer und doch unbesiegbar, wie die Stille
In dunkler Einsamkeit sie schmiedet.

IV.

Stumm blieb
Und öde kurze Zeit nachher der Kreuzgang,
Und dann trat ein bescheid'ner Klosterbruder
Aus seiner Zelle. Und als folgt' er einem
Unwiderstehlich mächt'gen Drange, kniet er
Dort vor des heiligen Erlösers Bilde,
Das im Halbschatten breitete die Arme,
Die angenagelten; er kniet erschüttert,
Und seine Brust bewegt ein dumpfer Seufzer,
Gleichwie der Sturm die eingeschlaf'nen Wellen
Des Meers beweget. Heisse Thränen rollen
Herab von seinen abgezehrten Wangen,
Und auf die Marmorplatte senkt er nieder
Sein abgemagert Angesicht und betet.

V.

Der Orgel Vorspiel, das noch unbeholfen,
Unsicher, schwach, gleichwie des Kindes Stimme,
Die stotternd spricht das Wort, das unbezähmte,
Mit einem Male unterbrach's die Ruhe
Des heiligen Bezirkes und die tiefe
Betrachtung des von Schmerz gebeugten Bruders.
Er schüttelte das Haupt, gleichwie der Wand'rer
Zu schütteln pflegt den schneebedeckten Mantel,
Wenn er zum gastfreundlichen Herde kommet,
Und von sich werfend die nur allzuzähen
Erinnerungen, seufzt er, küsst zerknirschet
Die eis'ge Platte und geht ein zum Chore.

VI.

Er fehlte, Niemand sonst. Er grüsst den Altar
Mit frommer Andacht und nimmt seinen Sitz ein
In einem von des Chores schlanken Stühlen,
In denen eines Künstlers Meisterhände
Geschickt das tragische Poem gemeisselt
Der heiligen Erlösung. Und das rothe,
Gedämpfte Flammenlicht der Kerzen,
Die auf dem Altarpulte sich verzehrten
Mit ihrem unheimlich beständ'gen Knistern,
Beleuchtet die erhab'ne Ceremonie.

Die Orgel, die bis jetzt geschwankt nur hatte,
Brach, gleich dem Rauschen eines Kataraktes,
In Ströme aus von mystisch schönen Klängen,
Und Vögeln gleich, die aus dem Neste steigen,
Wenn sie die Sonne rufet, überschwemmte
Die Schaar behender Töne das Gewölbe,
Bald ernst, bald unterwürfig, bald gewaltig.
Dann hub das Beten an.

VII.

Wer könnte hören,
Ohn' dass er ihn ergriff, den weltentfernten
Accent, den gleichen Ton, den fromm erheben
Zu Gott die reinen Seelen, die vergessen
Die Welt mit allen ihren Eitelkeiten?
Wer fühlte da mit Thränen nicht sich füllen
Sein Auge? Und wer zittert nicht und bebet,
Wenn schrecklich wie die Majestät des Donners
Im kolossalen Schiffe wiederhallet
Der wundervolle, der erhab'ne Chor, der
Verwünschung halb und halb ein lautes Schluchzen,
In dem zu zucken und zu weinen scheinet
Der Schmerz, der noch umschungen hält die Hoffnung,
Wie der Gemahl den Leib, den schon entseelten,
Des Weibes, das er unterthänig liebte?

VIII.

Die Psalmen David's sind dem Wind vergleichbar,
Der zart und lieblich das Gefild erfrischet,
Die Saat in Samen schiessen lässt, in Harfen
Des Wohllauts voll verwandelt mächt'ge Bäume.
Doch wild dann und entfesselt reisst er nieder
Die stärksten Stämme selbst, verheert die Fluren,
Verheert die Felder, macht die Meere schwellen
Und wiegelt auf die Wogen und erfüllet
Den Raum mit seinem schrecklichen Geheule.
So trocknet auch das Weihelied der Psalmen
Die bitt're Thräne, träufelt in die Wunden
Des Trostes reichen Balsam, stärkt den Schwachen,
Giebt Kraft dem Unterdrückten und dem Kranken
Gesundheit. Aber wehe, wenn in seinen
Furchtbaren Tönen dann der Zorn hervorbricht;
Weh', wenn der milde Zephyr sich verwandelt
In zügellosen Sturmes Wuth! Dann schlägt er
Die Stolzen nieder, dann macht er zu nichte
Die Bosheit, die sich aufbläht, und stösst aus selbst
Den Staub noch, den vergessenen, der Gräber.
O Sang zugleich der Züchtigung und Milde!
Es ist als ob in deinen heil'gen Versen
In hohem Staunen das Gemüth vernähme
Der ganzen Welt gewaltiges Gebrause:

Throne, die niedersinken, Volkesmenge,
Die Leidenschaft dahinreisst, dumpf Gebrülle
Des Volkes ohne Gott, und Blasphemieen
In der Verzweiflung, und des Todes Röcheln —
Dies Alles klingt in des Propheten Harfe.
Dem Meer gleich ist die Menschheit: niemals schweigt
sie,
Steht stille nimmer. In beständ'gem Laufe
Stösst jede Generation aus ihre Klage,
Wie jede Welle ihr Geräusch. Hinweg reisst
Der Schwindel sie der Zeit in seinem Wüthen,
Und von Jahrhundert zu Jahrhundert ruft sie:
„Erbarm' dich unser! Gott, erbarm' dich unser!" —
Liegt ach in des Propheten hohen Psalmen
Der Drang, der ewig?

IX.

Eifrig, ungeduldig,
Wie einer, der da Kraft sucht im Gebete,
Um des bedrängten Herzens Sturm zu bänd'gen,
Vereint der Mönch, der eben erst gekommen,
Der Brüder frommem Chore seine Stimme,
Die dumpfen Tones und erstickt von Thränen.
Ihr, die ihr seufzet ach in todesbangen
Schlaflosen Nächten, da der Glaube wanket,

Sich die Vernunft verdunkelt und die Hoffnung
Die Flügel faltet, gleich dem Vöglein, das schon
Dem Sterben nah; ihr, die ihr in den Qualen
So grauser Stunden fühlt wie aus den Tiefen
Des Geistes der Gedanke der Empörung
Aufsteigt, gross wie der Satan, wie er gottlos,
Versuchend und rebellisch; die im Kampfe
Mit dem geängstigten Gewissen ringend
Schaut, wie der Himmel langsam sich verfinstert
Und wie im Wirbelwind vorüberziehen
Illusionen, Glauben, Alles, eins nach
Dem Ander'n, gleich des Eisens flücht'gen Funken,
Des glüh'nden, das dem Amboss unterworfen;
Ihr hättet ach im furchtbewegten Tone
Und in der Gluth, der tiefen, angsterfüllten,
Mit der der arme Klosterbruder Gott rief,
Den Zweifel pochen hören, irren Zweifel,
Die Todesangst ach des beklagenswerthen
Schiffbrüchigen, der von des Meeres Wogen,
Den wilden brausenden, mit fortgerissen,
Schaut in der Ferne lachendes Gestade,
Das unempfindlich seinem Weh. — Doch plötzlich
Schweigt still er, die getrübten Augen richtend
Zum gothischen Altar, der in der Tiefe
Des Tempels ganz in Dunkel schien gehüllt. Und
Zu sehen glaubt er, dass im leeren Schiffe

Gleich einem schwarzen Dunste sich verdichtet
Des Psalmes hehre Worte und der Orgel
Harmonische Akkorde, seine eig'ne
Von Angst erfüllte Stimme, selbst das Echo,
Das in den starren Mauern wiederhallte.
Die biblischen Wehklagen und die Laute
Des Jammers und die Verse hocherhaben,
Die aus dem Chor der Mönche sich erhoben,
Sie schienen in gewaltigen Spiralen
Sich in den dichten Nebel zu versenken,
Ihn noch vermehrend. Plötzlich aus dem Schoosse
Der dunkeln Masse, dieser seltsamen Verbindung
Von Klagen, Seufzern und von Jammerrufen
Einträcht'gen Tons, nahm jeder Seufzer, jedes
Gebet, nahm jede Stimme an den Körper,
Ausdruck und Sein eines Gedankens, einer
Erstorbenen Erinn'rung, eines Schmerzes,
Und alle stellten sich in wirrer Mischung
Dem Blicke dar des tiefbestürzten Mönches.

X.

Bevölkert wurde das Gewölb' mit Wesen
Unförmlich und phantastisch, die in grausem
Und schwindeligem Tanz, in stetem Kreisen,
In unaufhörlicher Bewegung, gleichwie
Nachtvögel durch die vage Luft die Flügel

Bewegten, deren Schlag doch nicht vernehmlich.
Begierden tiefverborgen, Leidenschaften,
Die schliefen, lästige Erinnerungen,
Die in dem engen Raume selbst des Klosters
Des menschlichen Gewissens Frieden brechen,
Sie lebten auf im unermess'nen Schatten;
Die Laster all', die in der Seele Dunkel
Verborgen ruhen, schaarten sich zusammen
Und nahmen sonderbare Formen an und kreuzten
Wie Blitze durch den Raum. Die Schlemmerei und
Die Habsucht und der Hass und die Verstellung,
Mit menschlichem Gesicht begabte Larven,
Sie krochen dort im Finstern gräulich leuchtend.
Die blasse Missgunst und der nied're Argwohn,
Wüthender Ehrgeiz und der tiefe Ekel,
Gestalten, schrecklich anzuschau'n, mit Krallen
Von Stahl und gier'gem Schlund und Feueraugen,
Sie krümmten sich in unruhvollem Wüthen.
Und wie der unbestimmte Strahl des Mondes
In einer Sturmnacht, so im Gegensatze
Zu all' den todesbleichen Visionen,
Die Furcht und Hass, vielleicht auch das Verbrechen
Erzeuget in der Einsamkeiten Schrecken,
Zog durch den dunkeln Umkreis lichtgekleidet
Der Glaube, o der kindliche, der sehnend
Sein ewig Vaterland, den Himmel, suchet.

11

Die Stimme dort, in der profane Liebe
Sie regt, noch ungekannt und eingezwänget,
Wie in der Erde harten Eingeweiden
Vulcan'sche Glut, nahm eines schönen Weibes
Verführerische Form an. Wie gefügig
War sie der Liebe, mit dem nackten Busen,
Der wogt, und mit dem fieberhaften Blicke
Zur Lust einladend; halb den Mund geöffnet,
Bot sie dem Herzen, dem wollüst'gen, einen
Endlosen Kuss, wie das Verlangen endlos!
Und Orgien des Taumels voll und Träume
Unmöglicher Enthaltsamkeit, der Keuschheit
Schwerdrückende Gelübde, in des Klosters
Vigilien dem Durst der Seelen schäumend
In gold'ner Schaale nichts als Galle bietend,
Verfolgten ihn mit ihrem Spott satanisch.
Dort in der Stille weinte laut der Schmerz und
Die Liebe und der Hass, und dort zerriss sich
Die Schuld den Busen, der so schwer beladen.
Geberd' und Ausdruck dieses ganzen Schwarmes
Unglücklicher Visionen schreckte furchtbar;
Es war der weite Raum erfüllt mit Schluchzen,
Das ausbrach ohne Ton; es unterbrach nicht
Ein einz'ger Schrei, kein Klagelaut, kein Seufzer
Die Ronde, die phantastisch, endlos lange.

XI.

Der Klosterbruder, keuchend und verwirret,
Als nähm' an dieses Rads beständ'gem Rollen
Auch er lebend'gen Theil, entfernt geblendet
Das Auge von dem imposanten Schiffe
Und bohrt es auf den Boden. Ach hätt' nimmer
Er dies gethan! Ein schaurig Bildniss plötzlich,
Das ihm das Blut gefrieren macht und das ihm
Mit Todesschweiss bedeckt die starren Glieder,
Trifft seine Phantasie, die aufgeregte.
Skelette, kalt und stumm und fleischlos, eben
Entstiegen ihren Gräbern, unbeweglich
Und wie betäubt, die Arme ausgebreitet,
Versammelten sich in der Kirche plötzlich
Im Rücken des Altars, zum Chore schauend,
Und es belebten ihre Todtenköpfe
Geberden, höllisch, unbegreiflich, dunkel.
War's Weinen oder Lachen? War's des Spottes
Geberde oder war es Schmerz? Verhüllet
Der menschlichen Vernunft ist das Geheimniss.
Wer forscht die Gräber aus? Niemals wird Jemand
Erfahren was in ihrem Grund sie bergen.
Ist's Leben, ist's der Tod? Ist es der Anfang?
Das Ende? Ist's das Nichts?... O ewig Räthsel! —

Dies ist die Welt: in ihrer Höh' der Schwindel,
Da unten in der Erde die Verwesung,
Auf dem Altar der Schatten!

XII.

Vor dem grausen
Schwarm der Gespenster, die ihm schier verblendet
Den Sinn und das Bewusstsein, flehet jammernd
Der Mönch mit der Verzweiflung tiefem Tone
Bei Gott um Schutz, und siehe, aus dem Dunkel
Erhob mit einem Mal sich eine schöne
Jungfräuliche Gestalt, licht, aber traurig.
Es hüllte ihre züchtigen Contouren
Ein langer Trauermantel ein, wie Streifen
Der Wolke, der des Mondes weisse Scheibe
Bedeckt, doch ihr den Glanz nicht nimmt. Es sandten
Nicht Strahlen ihre Augen jenes Feuers,
Das Lieb' im Augenstern des Manns entzündet,
Doch glänzten sie durchsichtig und so rein wie
In einer stillen Nacht des heissen Sommers
Die Sterne; ihre schwarzen Haare wallten
In Flechten nieder auf die breiten Schultern
Und gaben einen Zauber mehr der Schönheit,
Der melancholischen, der traurig ernsten,
Der himmlischen Erscheinung, die gehüllet
In eine Klarheit war wie die Aurorens.

Auf dem gedankenvollen bleichen Antlitz
Malte der Schmerz sich ab, ein Schmerz unendlich,
Der stets das Menschenherz mit Angst erfüllet,
Wenn's suchet und nicht findet, wenn es schaut und
Nicht sieht, wenn's kämpfet und zu Boden sinket.

XIII.

Den Kreis durchkreuzend leicht der Geisterschaaren,
Die das geräumige Gewölb' erfüllten,
Dringt durch die Luft die Vision zum Chore,
Und auf des schönen Sessels Rückenlehne,
Auf dem der Mönch litt Qualen so entsetzlich,
Stützt schweigend sie und sanft den süssen Busen.
Es sah der Mönch sie kommen, schloss die Augen,
Und noch lebend'ger durch die Augenlider
Nahm er ihr Bildniss wahr, er fühlt die Arme,
Die liebend ihn umschlangen und dann einen
Eiskalten Kuss, der ihm erstarren machte
Das Herz und doch zugleich den Sinn entflammte.
Drauf in die Seele drang ihm eine süsse,
Liebreiche Stimme, die harmonisch tönte,
Wie einer liebeglüh'nden Jungfrau Seufzer,
Und zitternd sprach zu ihm die Stimme: „Lass mich
Noch einmal dich umarmen! Wer könnt' lösen
Jetzt jemals unsern Bund? O komm! Ich hab' dich
Geküsst und du bist mein, jetzt mein für immer!" —

XIV.

Indess erhob in Pausen seine Bitten
Der Chor zu Gott und bei der Orgel hehrem
Crescendo bebt der Tempel. Die Erscheinung,
Die strahlende, gab Antwort jedem Psalme
Mit einem andern Psalme, gleichwie Antwort
Dem Schrei das Echo gibt, der Schmerz dem Schlage.

Chor der Mönche.

Der ist gebenedeiet,
Der sich in Demuth beuget
Und nicht das Ohr dem Rath der Bösen leihet;
Der nimmermehr sich neiget
Dem Stuhl, den blinder Spötter Schwarm entweihet!

Die Vision.

Wenn du mir folgst, mein Leben,
Wird meine Liebe Schatz auf Schatz dir spenden,
Was du nur magst erstreben;
Die Welt wird dein sein bis an ihre Enden,
Ich will die Völker dir zum Erbe geben!

Chor der Mönche.

Steh' still, dann fällst du nimmer;
Lass die Versuchung fahren

Und flieh' den falschen lügnerischen Schimmer,
Und wachsen die Gefahren,
Der Schatten meiner Flügel birgt dich immer.

Die Vision.

Du schwankst? Kein Argwohn finde
Eingang bei dir! Dass Muth dein Herz doch hätte!
Den Geist erheb' geschwinde,
Und frei gleichwie der Vogel in dem Winde
Zerreiss' dein Joch, zerreisse deine Kette!

Noch starr, unsicher und vielleicht gequält von
Geheimen Wünschen, die bisher er niemals
Empfunden, und die jetzt in seinem Innern
Ein leises Wort der Vision erregte,
Dreht jetzt der Mönch sich um und fragt erschrocken:
„Wer bist du? Sprich, was willst du? warum störst du
Gebet und Frieden mir?" — „„„Du kennest mich nicht?
Antwortet sie ihn liebend an sich ziehend:
Ich bin, schau mich nur an, etwas was lebet
Und was in dir gestorben. Eine Flamme,
Die in dem Abgrund deiner unruhvollen
Vernunft urplötzlich ausbricht: bin der Zweifel!""""
Als er das hörte, richtete der Priester

Sich auf: von einer Ohnmacht angefallen,
Wollt' er entrinnen, doch zu Boden fiel er,
Gleichwie die Eiche, die der Blitz gebrochen!

Zweiter Gesang.

I.

Indess die Mönche, voller Mitleid, nahmen
Vom Boden auf den Körper ihres Bruders,
Der blass und welk, als hätte schon des Todes
Eiskalter Hauch gebrochen ihm das Dasein,
Das so gebrechliche, verliess die Seele
Frei ihren dunkeln Kerker, wenn auch bloss nur
Auf ein paar Augenblicke, und sich haltend
Am wallenden Gewand, am Trauermantel
Der schönen Vision, schickt sie voll Staunen
Sich an, mit ihr im Flug sich zu erheben.

II.

In gleicher Weise wie Metall geschmolzen
Der Gussform Eindruck aufnimmt und bewahret,
Die brüllend und entflammet es umschlossen,
Behielt die Seele, die unwandelbare,
Die körperliche Form, und wie der Lichtstrahl
Noch schwimmet in der unbegrenzten Sphäre,

Wenn schon erloschen ist der Stern, der helle,
Aus dessen Schooss er kam, so überlebte
Sie, die des Lebens Bild, das Leben selber.

III.

Dem höh'ern Triebe folgend wie das Blättchen,
Das schwache, das ein Hauch des Herbstes fortreisst,
Und das der Wirbelwind davonträgt, wich sie
Aus dem entseelten Leib, der ihre Zuflucht
Bisher gewesen und der jetzt im Chore
Lag ohne Leben da wie eine Leiche.
Doch eh' sie von ihm schied, warf einen Blick sie
Auf ihn voll Zärtlichkeit.

IV.

               Selbst der Gefang'ne
Empfindet endlich Liebe für die Kette,
Die ihm die Füsse fesselt, wenn die Jahre
Ihn an's Gewicht gewöhnen; selbst der Vogel,
Wenn sein Gefängniss er durchbricht, beweint es,
Und einsam, ohne Nest und ohne Liebe,
Beklagt im Dickicht, sterbend, er die Freiheit,
Die unnütz ihm gewesen. Und wie könnte
Denn die verbannte Seele, wenn sie heimkehrt
In ihr unsterblich Heim, mit Freuden lassen
Den niederen Gefährten, der auf Erden

Ihr Schutz lieh und ihr ein Asyl geboten?
Er theilt mit der unglücklichen Verbannten
Sein armes Bett, das einz'ge, das im Elend
Er ihr gewähren konnte, theilte mit ihr
Der kurzen Freuden karges Brod, und immer
Bot unterwürfig er ihr dar sein Auge
Zum Weinen, zum Empfinden seine Nerven.
Zum Denken seine Sinne und sein Wort und
Sein Blut und die Geberde. Der Gedanke
Würd' ohne ihn, gelähmt gleich dem Titanen,
Den Berg, der ihn bedrücket, nimmer sprengen:
Er würd' Impuls sein ohn' Objekt, er wäre
Ein Strahl der Sonne durch die Nacht erloschen,
Welt in des Chaos Schooss. Wenn ihn ergreifet
Des Enthusiasmus oder Glaubens Flamme,
Kämpft er ohn' Unterlass, und wenn es nöthig
Zu sterben, weiht dem Tode sich und stirbt er.
Durch ihn hat ihre Märtyrer die Wahrheit,
Und hat die Wissenschaft die edlen Opfer,
Die Charitas die Helden, das Verbrechen
Den Schrecken, den gewalt'gen; furchtlos stürzt er
Sich auf des Cirkus Bestien, in die Stürme
Des Meeres, in des Lebens Kümmernisse
Und in des Unbekannten Abgrund. O du
Zerbrechlich schlüpferiger Thon, darinnen
Die Seele wohnt, gebannet, doch nicht Sclavin!

Wer kann dich lassen ohne Schmerz? Gott selber,
Der dich geehrt, indem er seine Grösse
Bedeckt mit deiner Hülle, er selbst konnte
Nicht von dir scheiden ohne tiefes Wehe.

V.

Von der Vision, der klagenden, geleitet,
Durchkreuzt der furchtbewegte Geist des Mönches
Den Raum, gehüllt in Finsterniss und Schweigen;
Doch seine Augen, die unkörperlichen,
Sahn in dem dichten Dunkel, und es hatte
Für ihn die Stille räthselhafte Stimmen.
Und einen steilen Felsen sah er plötzlich,
Dess unsichtbare Wurzel schien den Tiefen
Der Hölle zu entspriessen, und dess Gipfel,
Der unzugänglich schier und eingehüllet
In einen stillen Ocean von Klarheit,
Sogar der Adler nicht ertragen könnte,
Der unverwandt schaut in das Licht der Sonne.
Anfang und Ende zu erkennen dieses
Vereinsamt ragenden und rauhen Felsens
Ist menschlicher Vernunft versagt; sein Fuss ist
Verborgen von dem schauervollsten Dunkel,
Und seinen Gipfel schützt der unerschaff'ne
Und stets lebend'ge Lichtglanz, den er ausstrahlt.
Es wuchs und wuchs in Steigerung allmählich,

Wie sie spiralenförmig stieg, die Flamme,
Verschwend'risch dort, wo die erhab'ne Spitze
Verborgen ihre rauhen Felscontouren,
Bis dass gleichwie der Schatten undurchdringlich,
Ja undurchdringlicher noch als der Schatten,
Die Feuerkrone ward der schroffen Höhe.

VI.

Es senkten ihren schnellen Flug die Seele
Und die Vision und liessen auf dem Kamme
Sich nieder eines ungeheuern Einschnitts,
Der, den so steilen Felsen öffnend, reichte
Von des weit ausgedehnten Lichtes Grenzen
Bis zu den feinsten Graden selbst des Schattens.
Und droben stehend auf des Felsens Fläche,
Erhoben sie sich unbeweglich wie auf .
Gewalt'ger Säule eine Marmorgruppe,
Sobald der Abend beim Verscheiden menget
Die Formen und die Farbe.

VII.

                Beide dehnten
Bis zu der unermess'nen Dämm'rung Grenze
Den kühnen Blick aus von dem steilen Berge,
Durch dessen Spalten unter Krachen fielen,
Gleich einem wilden Strome schäum'ger Wellen,

Vom Gipfel niederstürzend die Jahrhundert',
Die fühllos, in sich selbst verloren, schauten
Die ungewisse Bahn von Adam's Stamme.
Beschwerlich war der Marsch: manch spitz'ger Dornbusch
Und schmaler Abgrund und manch finst'rer Hohlweg
Und Strecken unbebaut und wüst, darinnen
Kein klarer Bach, aus dem der Durst zu stillen,
Und Obdach nicht, in welchem Ruh' zu suchen,
Behinderten den Pfad, der auf dem Felsen
In Windungen emporstieg gleich der Schlange,
Die schuppig riesengross. Unruhig, mühsam,
Und eingedrücket allenthalben lassend
Die blut'ge Spur von ihren nackten Füssen
Und Fleisches Fetzen an des Dornes Spitzen
Bei jedem Schritte, ging auf jenem Wege
Die Menschheit fürbass; vorwärts schritt sie, fallend
Und sich erhebend, aber stets das Auge
Auf das unwandelbare Licht gerichtet,
Das von dem Berge strahlte.

VIII.

Grause Kämpfe
Und Rache schrecklich wild und Katastrophen
Unvorgeseh'n zerfleischten sie beständig.
Getheilt in Stämme und in Völkerschaften,

In Reiche und in Racen, o wie stürzten
Die Stämme und die Völker und die Reiche
Und ganze Racen, wie viel' Male stürzten
In Schaaren sie daher wie eine Heerde,
Die blind herabstürzt, und wie viele Male
Verschwanden sie vollständig, gleich dem Schiffe,
Dem schwachen, das begraben wird vom Meere!
Im bodenlosen Schlund der Zeit sank Alles,
Sank Alles unter! Bräuche und Gesetze,
Denkmäler, Glorie und sogar die Götter,
Vor Schauder zitternd, rollten in die Tiefe
Des Abgrunds nieder, der sich niemals füllte.

IX.

Es rissen die Jahrhundert' die Jahrhundert'
Hinweg im Sturmeslauf, gleichwie die Woge
Die Woge mit sich fortreisst, und ihr Schritt war
Geschwind und flüchtig, denn in ihrem Gähren,
Dem mächtigen, verschlingt die rastlos thät'ge
Natur was sie erschafft, was sie verschlinget
Erschafft sie unermüdlich wieder. Alles
War ephemer dort, Eines ausgenommen,
Das Wort, das lichte Wort, das Menschenwort, das
Ueber der Welt schwebt, gleichwie, als das Chaos
Zerriss, der unermess'ne Geist des Herrn schwebt
Ueber den Meeren, die noch stumm und stille.

Als in den Schutt die weiten Reiche sanken,
Und als der tiefe Abgrund die Nationen
Verschlang und die verfaulten Racen, und als
Ein jäher Sturmwind niederwarf die Götter,
In Staub verwandelt, trug das Wort hellleuchtend,
Das Wort, das Alles überlebt, herüber
Das Erbe, den Gedanken, das Gedächtniss
Des Volks, das starb, zum Volke, das gekommen.

X.

Bleich und geheimnissvoll, die sicher'n Streiche
Nach allen Seiten richtend, mit dem Leben
In ew'gem Kampf, vergiftete die Lüfte
Der Tod mit seinem eisig kalten Hauche,
Und hinter ihm, die schneid'ge Sichel schwingend,
Ging seine Kinderschaar: die Pest, der Ehrgeiz,
Der Hunger und die Zwietracht. Sonder Ruhe
Umflatterten sie das Geschlecht der Menschen,
Gleich einem Schwarme von gefräss'gen Geiern,
Die zu des Kampfes lust'gem Schmaus sich drängen.
Und mit der Wuth, die nimmer stirbt, verfolgten
Das Leben sie sogar in dem Atome.
Doch ihres Zornes Wüthen war vergeblich,
Denn wie der Same, der da fällt in eine
Fruchtbare Furche, aufgeht, so war Ursprung
Von neuen Wesen jedes, das besiegt war

Im heissen Streit, und dem Antäus gleichend,
Erstand zu neuem Sein die aufgelöste.
Materie, da sie berührt die Erde,
Gewalt'ger, reicher, schöner, mannigfalt'ger.
O du hochherz'ges Leben, das verwandelt
Das Grab sogar zur Wiege und das weihet
Der unersättlichen Zerstörung nur die
Armsel'ge Form, sei tausendmal gegrüsset,
Gegrüsset tausendmal! Es leert sich nimmer
Dein Krug, der göttliche. Den Raum erfüllst du
Mit Welten unberechenbar, die Welten
Mit Wesen, die unzählig, die sich kleiden
In Formen ganz verschieden. Du befruchtest
Das Kleine und das Grosse, das was endlich
Und das unendliche, Atom und Himmel.
O Leben, Athem Gottes, sci gegrüsset!

XI.

Vom Felsen, der so schroff und einsam ragte,
Betrachtete der Geist des Klosterbruders
Das Schauspiel, das lebend'ge, das er kaum erst
Begreifen kann. Fremdländ'sche Völker strömten,
An Farb' verschieden wie an Brauch und Sitten,
Zum steilen Pfad herbei, gleich wie die Ströme
Zum Meere fliessen. Dorten der Aethiopier,

Der Scythe, und der in den Wüsten lagert
Des fernen Afrika, und der da trinket
Des heil'gen Gangesstromes trübe Wasser,
Der Indier ohne Herd und ohne Heimath,
Der mitten durch den Urwald sein Gesetz trägt
Und seinen Gott und seine Todten, und der
Ein Streiter ist im auserwählten Heere
Christi, und der ihn leugnet oder schmähet
Und gibt sein Leben als unreines Opfer
Dem Siegeswagen hin der falschen Götter,
Vom Irrthum oder von der Furcht besieget,
Am steilen Wege schaarten sie sich alle.
Doch — unbegreifliches Geheimniss! — jene
Buntscheckige erregte Menge, folgend
Dem Triebe so verschiedener Symbole
Und so verschied'ner Religionen, immer
In einem inneren und ew'gen Kampfe
Und immer noch den Menschenstrom vermehrend.
Verschmolz ihr Trachten und ihr Hoffen, Fürchten
Und ihre innersten Gedanken alle
In eine einz'ge Sehnsucht: nach dem Himmel!
Erträumtes Vaterland der Seelen, Thron, drauf
Ein hehrer Gott thront, unser'm Blick verborgen,
Dess Macht mit Tönen wunderbaren Wohllauts
Im unbegrenzten Raume die Atome
Verkünden und die Welten und die Sonnen!

XII.

Erhaben war das Bild. Im Hintergrunde
Der unwegsamen Höhe, wo die Nebel
Sich immer mehr zusammendrängten, zogen
Unsich'ren Schritts die niedrigeren Racen
Mit feiger Unentschlossenheit. Im Dunkel
Erhoben dort sich ekle Leidenschaften.
Bestial'sche Triebe und Barbarenculte,
Denn, wie der Schlamm zeugt giftiges Gewürm, zeugt
Unwissenheit grässliche Ungeheuer.
Ist sie, zum Unglück, nicht der Schlamm des Geistes? —

XIII.

In gleichem Maasse wie sie überschritten
Die dunkle Grenze und dem Lichtgebiete
Sich langsam näherten, so wurden grösser
Auch jene Völker, wie, die Sonne suchend,
Die Pflanze wächst, die klimmende, die wurzelt
An einer Wand. Und wie empor sie stiegen
Zu der lebend'gen Klarheit, wuchs ihr Urtheil
Gewaltig, schüttelnd ab das Joch des rohen
Instinktes, und die erstgebor'ne Stärke
Gab wieder dem Gedanken, dem Beherrscher
Des Meeres und der Erde, seine Rechte,
Die unbestrittenen. Auf Esau folgte,
Den rauhbehaarten, Jacob.

XIV.

In der Mitte
Des steilen Berges, wo ein Menschenauge
Kann hinschau'n, ohne blind zu werden, zogen
Europens Völker, und voran schritt allen
Die priesterliche Roma, die geweihte,
Sie, die vertauschend der Cäsaren Scepter
Mit einem Hirtenstabe, war wie niemals
Schiedsrichterin der Welt und ihre Herrin.
Es hat noch nie Autorität so furchtbar
Gelastet auf der Erde: beugen mussten
Die Seelen und die Körper sich, die Todten
Und die Lebend'gen, Hoffnung und Gedanke,
Es beugte Alles sich vor ihrer Allmacht!
Der Glaube gab Apostel ihr und Sclaven,
Die Religion die glühenden Vertheid'ger,
Der wilde Fanatismus seine Henker,
Furcht ihre Wahngebilde, seine Aengste
Das Herz, das eine Schuld drückt oder Argwohn.
Auf dem von Schreck erfüllten Erdkreis gab es
Nichts Höheres als sie, mit schwerem Drucke
Erhob ihr Zeichen sich, das unbesiegbar,
Ueber der Kön'ge gold'ne Krone, über
Den Herd der Thurm, über die Erd' der Himmel;

Der Himmel, dessen diamant'ne Pforten
Vor ihrer Stimm' sich öffnen oder schliessen. Schutz
war
Das heilige Erlösungskreuz dem Schwachen,
Des Unterdrückten Stärke und der Schrecken
War's des Verworfenen. Um seinetwillen
Wälzt schlaflos und im Fieber sich der stolze
Despot umher auf seinem gold'nen Lager.
Der Traurige, der Elende, der Nackte,
Der Sclav verliess das undankbare Leben
Um seinetwillen ohne Menschenhass und
Ohn' Gott, ohn' dem Dreieinigen, zu fluchen.

XV.

Es betete die Seele tiefergriffen
Und ehrfurchtsvoll, als sie die Stadt, die ew'ge,
Die jede menschliche Bewegung lenkte,
Zu ihren Füssen dort sich regen sah. Doch bald
macht
Ein Schauder sie erbeben: rothe' Dünste
Von Blut erhoben sich empor zum Gipfel
Und, in der Luft sich noch verdichtend, nahmen
Sie Schreckform an geflügelten Gespenstes.
Apokalyptisch Thier, das einst Johannes

Auf Pathmos sah, das Thier mit borst'gen Füssen,
Das riesige mit den bekränzten Hörnern
Und einem Mund voll Gottesläst'rung breitet
Sich über Roma aus wie glüh'nde Wolke.
Sein unheimlicher Glanz, der die erhab'ne,
Monumentale Stadt bestrahlt, erhellet
Sie wie gefräss'ge Feuersbrunst, und Mauern
Und Bogen, Hallen, Tempel, Obelisken,
Die aufgehäuft der Ruhm in ihrem Umkreis,
Sie hoben schwarz sich ab, als ob sie wären
Verkalkte Wirbel eines Ungeheuers,
Verzehrt vom Himmelsfeuer. Allenthalben
Mit wachsendem Verlangen sucht die Seele
Jetzt nach dem Kreuz und allenthalben sah sie's
Gebrochen oder umgestürzt; die Stadt schien
In ehebrecherischem Gottesdienste
Neu einzusetzen die gefall'nen Götter:
Wo war jetzt Jesus? Und wo war Maria,
Sie, die die Mutter ist des Menschenschmerzes
Und heller Stern auf sturmbewegtem Meere?
Wo war die Wahrheit, wo war sie zu finden?
Die Bildung unermüdlich, schön die Kunst, doch
Abgöttisch und die Wissenschaft ungläubig
Oder rebellisch, frei und ungebunden .
Die Wünsche gleich wie Satyrn, all' ergaben
Sich blindester Bewunderung der Heiden.

Mit Ungeschick das Sacrilegium paarend,
Verbarg unter der strengen Form des Moses
Sich Jupiter*) und Venus Aphrodite
Verbarg sich unter'm jungfräulichen Schleier
Der Mutter Gottes, wenn unkeusch der Maler
Nicht seiner Liebe, der unheil'gen**), Bildniss
Auf seine Leinwand malte, die unsterblich.
Und nackte Statuen und obscöne Bilder,
Unfläth'ge Bücher waren statt der Zierde
Ein Aergerniss des päpstlichen Palastes,
Ein Hohn auf ihn. Und seine Mauern, drinnen
Nichts Anderes als mystische Gebete
Erklingen sollte, hallten nur noch wieder
Vom Chore schamlos ekler Possenspiele.
Gebräuche, Ceremonieen der Roma
Der Heidenzeit, hervor aus ihren Höhlen,
Den klassischen, den tiefentleg'nen, steigend,
Verpesteten die Erde wie der Moder,
Der aus den Gräbern kommet und allmählich
Verhüllten sie den wunderbaren Lichtglanz
Des hehren Kreuzes.

---

*) Anspielung auf die Statue des Moses von Michel Angelo.
**) Anspielung auf Fornarina, die Geliebte des Raphael.

XVI.

Voller Schrecken schaute
Die Seele kreuzen durch den dunkeln Umkreis
Des Papstes Borgia Gespenst, das finst're,
Abschüttelnd mit der zorn'gen Hand den Mantel,
In siedend Blut getaucht; aus jedem Tropfen
Sah sie ein traurig Schreckbild sich erheben,
Das noch die Unglückslegion vermehrte
Der Opfer, die das Ungeheuer rächend
Verfolgten mit des Fluches dumpfen Tönen.
Darauf entdeckte sie den zorn'gen Schatten
Des Papstes Julius, sah ihn angethan mit
Mailänd'schem Panzer und dem Eisenhelme,
In kriegerischer Gluth, in blut'gem Streite,
Beten zugleich und kämpfen, sah ihn segnen
Zu gleicher Zeit und mit dem Schwerte tödten.
Und darnach hörte sie das laute Echo
Brutalen Lachens, mit dem Roma schnöde
Die ernste strenge Frömmigkeit begrüsste
Des Papstes Adrian, des flücht'gen Lichtstrahls,
Der einen einz'gen Augenblick erhellte
Die Höhle dieser Orgien und Verbrechen.

XVII.

Vor diesem Bild der Schande hob die Seele
Die Hände, die unfühlbar, zu dem Himmel,
Sank auf die Knie' auf dem lebend'gen Felsen,
Verhüllt' ihr Antlitz und mit einem Tone,
Der im Gewissen ihr nur wiederhallte
Als Klage und Beschuld'gung, sprach sie: Roma!
Was hast du, Rom, aus meinem Gott gemacht?

XVIII.

Da,
Als hätt' ihr schmerzlich Seufzen dem Phantasma
Verliehen plötzlich wunderbares Leben,
Ward grösser noch des Zweifels mächtig Traumbild:
Es richtet sich empor, dehnt wie die Wolke
Sich aus, die plötzlich in den hellen Raum dringt.
Aus seinen Augen quoll der Schatten über
Gleich einer Ueberschwemmung, und es heftet
Den Blick, der voll von Trauer und von Liebe,
Auf den verwirrten Geist des Mönchs, der betend
Lag auf dem harten, unfruchtbaren Felsen,
Und Todesschweigen herrschte in der Höhe.

Dritter Gesang.

Dem wilden Schmerz geweiht, indess in ihrem
Gewissen im Entscheidungskampfe rangen
Der Glaube, der befiehlt, und die Rebellin
Vernunft, seufzt in so jammervoller Lage
Die Seele lange Zeit. — Der Kampf, der inn're,
Des Denkens, das zu zweifeln sich erkühnet,
Er kostet Blut nicht und schlägt keine Wunden
Doch tödtlich ist er immer. — Noch den Jammer
Des Geistes, der darniederlag, vermehrend,
Erklang die Stimme der Vision; wie Echo
Ferntönender Musik sich wunderlieblich
Ins Ohr des armen Mönches schmeichelnd, sprach sie
Also zu ihm in Strophen voller Wohllaut.

Die Vision.

Erfüllet hat sich endlich
Was die Propheten künden,
Und Babel, das unreine,
Es knechtet Israel.
Doch sind gezählt die Tage
Des Frevels und der Sünden,
Und bald schon wird erfüllet
Der Traum des Daniel.

Es wälzt die Schlammeswogen
Stets weiter das Verderben;
Es bricht an allen Enden
Das Uebel schon hervor;
Durch Kauf lässt auf dem Markte
Sich Seelenheil erwerben,
Das Bischofskreuz bedecket
Des Nebels dichter Flor.

Es ist die Hand, die segnet,
Mit rothem Blut befleckt,
Und hinterm Hochmuth schreitet
Die Simonie fürwahr.
Das Kloster ward zur Höhle,
Drin sich die Schuld verstecket,
Gott selber ist verbannet
Vom eigenen Altar.

Erkühn' dich, wirf herunter
Mit der erzürnten Rechten
Den Götzen, der den Thron nahm,
Auf dem die Tugend sass!
Zerreiss, zerreiss die Ketten,
Die den Gedanken knechten,
Und brich der Seelen Knechtschaft,
Die schmählich ohne Maass!

Erwecke die Gewissen,
Die dumpf schon lange schliefen,
Und jauchzend wird sich werfen
Zu Füssen dir die Welt!
Senk' den lebend'gen Samen
Ein in der Furche Tiefen,
Ein kommendes Jahrhundert
Die reiche Frucht erhält!

Wer stille weint, der ist nicht
Ein Mann mit vollem Werthe.
Warum ist nicht dein Wille
Zu kühner That bereit?
Erzürnet sucht der Himmel
Nach einem Rächerschwerte,
Das Krebsgeschwür zu schneiden
Der gegenwärt'gen Zeit.

Die Druckerkunst wird emsig
Dir helfen in dem Streite
Mit jener Macht, die hüllet
Das Kreuz in Dunkel dicht:
Das aus der stummen Knechtschaft
Ein Guttenberg befreite,
Das Wort ist Mauerbrecher
Und Stimme schon und Licht!

Die Stimme schwieg, und die bestürzte Seele
Fühlt, überwunden in dem inner'n Kampfe,
Wie ihr ererbter Glaube wankt, gleichwie der Felsen,
Beweglich auf dem ragenden Gebirge,
Zu zittern pflegt, wenn ihn die Winde schütteln.
Ach, es ist leicht nicht, die Erinnerungen
Der Kindheit auszureissen aus dem Grunde
Des Menschenherzens. Einfache Gebete,
Die liebevoll auf ihrem Schooss die Mutter
Uns beten lehrte, wer kann euch vergessen?
Der hehre Tempel, wo zum ersten Male
In religiösem Staunen die Gedanken
Zu Gott wir hoben, und Altar und Taufstein,
Das nied're Crucifix auch, der Familie
Hochheilig Erbstück, das im schweren Kampfe
Des Todes noch den letzten Seufzer auffing
Von denen, die da waren, und der Kirchthurm
Des heimathlichen Dorfs, in dessen Schatten
Die bäuerlichen Herde all' sich bergen,
Schüchternen Küchlein gleich, die in dem Neste
Ruh'n unter'm Mutterfittich. Und die Stimme,
Die feierlich einförmige, der Glocke,
Die sonst uns bei der Morgenröthe Anbruch
Und wenn der Tag sich neigte, zum Gebete
Zu laden schien, Erinnerungen, süsse,
Der keuschen Kindheit sind's, sie überleben

Den schon erlosch'nen Glauben. Denn der Blitz kann
Zu Boden stürzen hundertjähr'ge Eiche,
Doch nicht ausreissen ihre Wurzel.

II.

         Ach, wie
So bitter ist der Uebergang der Seele,
Die aus dem Schooss des Glaubens austritt und sich
Dann niederlegt in's Dornenbett des Zweifels!
Schlaflosigkeit und Weh und Schreck und Schatten
Bestürmen sie zu Hauf, und ihre Tage
Sind wie die Sorge schwarz; der Durst verzehrt sie
Und findet keine Wasser, die ihn lindern;
Ein Dolch ist ihr Gedanke, tief gesenket
In ihr Gewissen, und sie weint und zittert.
Sie will zu Gott emporfleh'n, doch rebellisch
Versagt die Lippe das Gebet; das Aug' erhebt sie
Und sieht den Himmel dunkel, ruft um Hülfe,
Und todt für ihre Klage scheint das Echo:
Sie ist gleichwie das Schiff, das in dem Meere,
Dem stürmischen, in dunkler Nacht verloren,
Schon dem Versinken nahe. Der betrübte,
Gequälte Geist des Mönches hat empfunden
Den Stachel einer gleichen Angst. Vergeblich
Wollt' er entrinnen der Gefahr: ihn kettet
Die stärkste Fessel an den hohen Felsen,

Als wär' er angewurzelt. Die Vision legt,
Die melancholische, auf seine Stirne
Die wucht'ge Rechte dann, vor deren Schwere
Die schwache Seele gleich dem Ast sich beugte,
Der unter seiner eig'nen Frucht sich neiget.
Mit tiefem Schauder aus der Zeiten Staube
Sah er wie die Gebeine sich erhoben
Von hundert Generationen, die in wilden,
Erregten Haufen plötzlich ihn bedrohten
Und auf ihn richteten die Augenhöhlen
Und schrie'n mit einer Wuth. die unauslöschlich
„Verräther, Apostat!" —

III.

Dahingegeben
So ganz verschiedenen Gefühlen, blind und
Verwirret schier, verlor den Halt die Seele,
Die träumte, und mit schrecklichem Getöse
Rollt sie vom hohen Gipfel, drauf sie ragte.
Von Fels zu Fels, wie die Lawine stürzet,
Aus unnahbarer Höh' hinabgestossen,
Fiel sie mit nie geseh'nem Ungestüme
Bis zu dem Rand des ungeheuren Schattens,
Der den entsetzenvollen Abgrund füllte,
Der unter ihren Füssen gähnt! O ew'ger.
Schrecklicher Fall, der an den Sturz erinnert

Des stolzbethörten Lucifer! Ach nie wird
Die Seele, die gestürzt, zum Grunde kommen
Des Schlunds, des unergründlichen! Hat etwa
Ein End' der Zweifel, Sehnen eine Grenze? —
Vergebens sucht der Mönch noch in den Spalten
Nach einer Stütze und aufhalten möcht' er
Sein rasches Niederstürzen, wie der Vogel,
Der in dem Himmelsraum zu Tod verwundet
Mit letzten Aengsten hin und her noch flattert.
Die Felsen, weichend bei dem Drucke seiner
Unsicher'n Hand, sie lösten hinter ihm sich
Mit einem fürchterlichen Krachen, wie wenn,
Das drückende Gefängniss plötzlich sprengend,
Des Feuers Ungeheuer, das im Herzen
Der Erde seufzt, in Bande eingezwänget,
Die Welt zu ihrem Gott in Stücken schleudert.
Dort des Granites ungeheure Masse,
Die die Jahrhunderte gehäuft, ein Werk des
Geheimnisses und Glaubens, sie erbebte
Auf ihrem Grunde, dem unwandelbaren,
Und mit den Felsen, den gespalt'nen allen
Zugleich, die mit den Wurzeln ausgerissen
Des Bergs gewalt'ge Zuckung, sank untröstlich
Die Seele nieder in die Nacht ohn' Ende.
Des Felsens ungeheuere Fragmente,
Bei ihrem Schritt abspringend, von geheimer

Gewalt in steter Steigerung getrieben,
Sie nahmen an vor ihrem Blick, der staunet,
Phantastische Contouren und verwandeln
Sich in der Luft beständig. Goth'sche Tempel,
Kreuzgänge, rohgemeisselte Sculpturen,
Und Gräber und Altäre, alle folgten
Geräuschvoll ihr im Wirbelwind von Trümmern,
Wie wenn der ganze Erdkreis aus den Angeln
Gehoben und der Seele nach zum Abgrund
Getragen würd' vom Schwindel.

IV.

In der Höhe
Vernahm in ihrem unfruchtbaren Kämpfen
Sie eine mächt'ge Stimme, die, das Krachen
Der Katastrophe übertönend, ausrief:
„Ich hab' gesiegt, gesiegt! Mein ist die Erde!"
Als er dies furchtbare Geschrei vernommen,
Das wie Trompetenklang des jüngsten Tages
Auf Erden wiederhallt' und in den Himmeln,
Versank der fieberkranke Geist in tiefe
Bewusstlose Erstarrung, schloss die Augen,
Um nicht zu schau'n das grässliche Verderben,
In das er eingehüllt war, und von da an
Sah er und hört' nichts mehr.

V.

Doch ach als kaum erst
Er sich erholt von seinen Todesqualen,
Befand er wieder sich im Leib gefangen,
Den er als unnütz Pfand im Chor gelassen,
Und wie betäubt noch war er und verwirret.
Im nieder'n Bette seiner Klosterzelle
Lag hingestreckt der Arme, und die Mönche
Umgaben ihn mit banggeschäft'ger Sorge.
Mit Schrecken richtet er sich auf und bohret
Auf sie den Blick, den forschenden, wie einer,
Der, unversehrt aus der Gefahr, sich über
Sich selber Rechenschaft gibt. „Wo, wo bin ich?"
Frug schüchtern er. Und mit gemess'nem Schritte
Naht ihm der Guardian: „„Dem Herrgott danket,
Mein Sohn, erwiedert er ihm freundlich, dankt ihm,
Der euch vom Rand des Grabes abgehalten!
Ihr lagt da wie ein Todter."" — „Todt auch war ich
O Vater! sprach da der Beklagenswerthe.
Jetzt bin ich nicht mehr was ich war: mich drückt die
Kapuze auf den Schultern, und ich schäm' mich
Der alten Unterwerfung, brech' die Bande,
Erlang' die Freiheit und erwach' zum Leben!" —
„„Schweig', Gottesläst'rer!"" ruft der Superior ihm
In der Erregung Ton, indess die Mönche

Noch zweifelnd sich entfernten, wiederholend:
„Er muss von Sinnen sein!" Und stumm und düster
Neigt da der Traurige die Stirn voll Runzeln
Und blieb in seinen Jammer tiefversunken,
Bis endlich zu dem Guardian das Auge
Auf's Neu' erhebend, der am Fuss des Bettes
Mit väterlicher Sorge ihn betrachtet,
Er sprach: „O Vater, mich verbrennt die Kutte,
Ich werf' sie von mir! Gott hat mich erleuchtet!" —
Erschrocken, zitternd und mit einer Stimme,
Die unterbrochen ist vom Weinen, frug ihn
Der Greis: „„Was willst du thun? Sprich!"" Da erhebet
Der Mönch das Haupt, erhebt es wie zum Kampfe:
„Roma besiegen, ruft er, das, das will ich!" —
Da breitet über ihn die Hand, die zittert,
Der ehrwürd'ge Guardian und stösst das Wort aus
Mit grässlicher Geberde: „„Sei verfluchet!
Da in unbänd'gem Stolz du abgefallen
Von unser'm Glauben, mögst du durch Jahrhundert'
Beladen mit dem Fluch des Himmels wallen!""

ANMERKUNG DES AUTORS.

Es ist eine in der Poesie und Malerei herkömmliche Gewohnheit, die Visionen der Versuchung mit hässlichen Farben und schaudervollem Anblick darzustellen. In diesem Punkt habe ich von der hergebrachten Praxis abweichen wollen, weil ich glaube, dass, wenn es irgend verdienstlich sein soll, den Einflüsterungen der Schuld kein Gehör zu leihen, diese sich uns einschmeichelnd, schön und unwiderstehlich zeigen muss. Selbst ohne die unerschütterliche Tugend des heiligen Antonius zu besitzen, würde, wie ich glaube, der grössere Theil des Menschengeschlechts, ebenso wie der ruhmreiche Anachoret, die Schmeichelei und die Verführung der sonderbaren Ungeheuer von sich gewiesen haben, die ihn in der Wüste bestürmten, wie man auf den Bildern eines B o s c h , B r e u g h e l und T e n i e r s und in den Stichen eines S c h o n g a u e r und C a l l o t sieht. Ich male den Zweifel schön und anziehend, wie er es in Wirklickeit ist. O dass er es doch weniger wäre!

Druck von Emil Herrmann senior in Leipzig.